さとう　れいこ

私とお母ちゃん

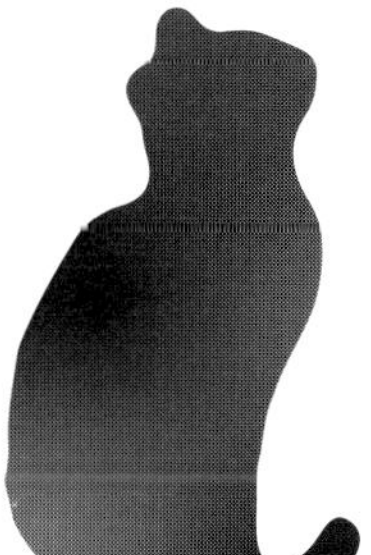

文芸社

私は生まれて間もなく、きょうだいと温かい母親のおっぱいから切り離されて、車が行き交う大きな道路の脇の、つつじの植え込みの間に捨ておかれました。

なぜって？

それは、母親の飼い主が「黒い猫は不吉だ」と言ったからだそうです。

私は幸い夏子だったから季節は暖かかったのですが、でも私はとても小さく、じゃれ合うきょうだいもいなく、温かい母親もそばにいなくて、とても怖く、ひとりふるえていました。

とてつもなく大きな車が何台も猛スピードで通ってゆくと、私は風にあおられヨロヨロと道路に出そうになり、必死に植木の根っこにうずくまっていました。

少しずつ辺りが暗くなり、お腹も空いてきました。

そんな時、一台の車が私のそばで止まり、窓をあけて誰かが私を見つめていましたが、しばらくして車は走り去ってゆきました。

辺りがますます暗くなり、少し寒くなってお腹も空くし、とても心細くなりました。私はふるえながら植木の根っこにうずくまり、いつの間にか眠ってしまいました。

辺りが明るくなって、小鳥の声で目が覚めました。

私の状況は変わらず、とても悲しくなって「ミィーミィー」と鳴きましたが、母親もだれも来てくれず泣き疲れて、また、うずくまってしまいました。

その日もお陽さまがかたむき、空が夕日で赤くなってきた頃、白い車が私のそばで止まったので、思わず「ミィーミィー」と鳴きました。すると車のドアが開き、女の人がおりてきて私を抱っこしてくれました。車のシートにタオルが敷いてあり、女の人は私をその上に置き、車を走らせ私を自分の家に連れて帰ったのです。

その人が私のお姉ちゃんになった人です。

新婚のお姉ちゃんは、夫と二人でアパートに住んでいました。

アパートでは動物を飼うことができないので、一日目に植木の根っこにうずくまっている私を見つけたお姉ちゃんは、車の中から実家のお母ちゃんに電話して、

「どうしようか」

と相談しました。実家のお母ちゃんからは、

「アパートで飼えないなら拾っても、かえって無責任になるからねー」

と言われたお姉ちゃんは、小さな黒猫をとてもふびんに思いながらも、そのまま帰ったのです。

お姉ちゃんは三人姉妹の長女で、はっきりものを言う人です。一見、きかんきが強そうに見えるのですが、本当は心根のとても優しい人なのです。

次の日の仕事帰りに、同じ場所に小さな黒猫がうずくまっているのを見つけたお姉ちゃんは、心の底から、

「あー！　良かった、まだ生きている……」

とほっとして、嬉し涙があふれてきたそうです。もう、これ以上は捨てておけないと、お姉ちゃんは車の中から再び実家のお母ちゃんに電話をしました。

お母ちゃんは、

「その子とは余程ご縁があったのだから、一晩あなたのところで泊めて、明

日実家に連れておいで」

と言ってくれたのです。

お姉ちゃんは嬉しくなり、涙を流して「良かったねー」と言って私を抱きしめ、家に連れて帰ったのです。

アパートに着くと、私の体を拭いてくれ、清潔なタオルの上でミルクをたっぷり飲ませてくれました。

新婚の二人は飽きもせず私を眺め、愛しんでくれているのが伝わってきて、私は怖さもなくなり、とても安心して、いつの間にか眠ってしまいました。

あくる日、お姉ちゃんはバスケットにタオルを敷いてその上に私を置き、実家のお母ちゃんのところに連れて行ってくれたのです。

お母ちゃんは私を見て、

「なんて小ちゃい子やー、あんな恐ろしい所でよう生きとったね、エライ、エライ。目が釣り上がっているのも無理ない、あんな怖い目にあったんやさかいね。そのうち、家におれば目も丸くなるわいね。ほんでも、こんな小さい子なのに賢いね。ちゃんとひとりでミルクも飲めるし、おしっこもどこでもせんと臭いをかいで同じ所にするし、エライ子やね！」

そのころの私は、お母ちゃんのそう大きくもない手の平に乗るくらい小さかったのです。

お母ちゃんは私を「みぃーちゃん」と名付けてくれました。

その日から、お母ちゃんは紙の箱にタオルを敷いて私の寝床を作ってくれました。

お父ちゃんという人は事業をやっていて、朝早くからお母ちゃんの作ってくれたお弁当を持って、夜になるまで仕事をしている人ですから、昼間は、家ではいつもお母ちゃんとふたりきり。庭には兄貴分のトト（犬）がいるけど……。

お母ちゃんとの暮らしで、私はだんだんと目も丸くなりました。

お姉ちゃんは、ますます可愛くなった私を会社の仲間に見せるために何人も実家に連れてきました。お姉ちゃんの仲間は皆私を「みぃーちゃん可愛いねー」と言って、順番に抱っこして撫でてくれるのでした。

穏やかに過ごしているうちに私の目は本当に丸くなり、体もだんだんと大きくなってきました。

ある日、外で「ニャゴー、ニャゴー」という鳴き声がして、すぐにそれが私の仲間が呼んでいる声だとわかりました。思わず半開きになっている高い窓からジャンプして、初めて外に出たのです。

初めての外の世界はおもしろく、仲間がいることも分かって夢中になり、ついお腹が空くのも忘れて、暗くなってから帰ると、

「みぃーちゃん、どうしたんやこんな遅くまで外にいて。みぃーちゃんも大人になったんやねー」

とお母ちゃんは迎えてくれました。

次の日、お母ちゃんは私を獣医さんのところに連れて行き、避妊の手術をする手配をしたのです。

私は獣医さんのところにひとり預けられ、何が何だか分からないまま目が覚めたらお腹がとても痛いので見ると、大きなホッチキスみたいなものがい

くつも刺さっていて、とても怖くなりました。お母ちゃんもそばにおらず、思わず捨ておかれた時の怖い記憶が甦り、悲しくなってうずくまっていました。

どれだけ経ったのでしょうか、

お母ちゃんが迎えに来てくれました。

「血尿が出ていますが、すぐに治ります。傷の化膿止めに抗生物質を出しますから、食べる物に混ぜて飲ませて下さい」

と獣医さんがお母ちゃんに薬を渡していました。お母ちゃんは私を家に連れ帰り、

「痛かったやろう」

と言ってミルクを飲ませてくれました。お母ちゃんは自分も薬をなるべく

飲まない人ですから、私にも飲ませないで、

「癒してあげるからね」

と言って、お母ちゃんはソファーの上に仰向けに寝て、私をお腹の上に乗せてくれました。

お母ちゃんのお腹の上はとても柔らかく、温かくて、つい気持良くなって眠ってしまいました。

目が覚めると、ホッチキスで止めてあるお腹の痛みはすっかりなくなっているのに気付きました。お母ちゃんは、

「みぃーちゃん、どうや」

と言って、私を優しく撫でてくれました。痛くなくなった私は身が軽くなり、居間にあるお母ちゃんがいつも弾いているグランドピアノの上に飛び

乗って、そこから台所で食事の仕度をするお母ちゃんを眺めていました。私はとても幸せに感じて思わず、ふーとため息が出ました。

あくる日、獣医さんのところでお腹のホッチキスを取ってもらい、傷はすぐに良くなりました。

それからも私は半開きの高窓からジャンプして、一日一回は外に出るようになりました。

お隣のおうちはお父さんとお母さん、中学生のお兄ちゃんと小学生の妹の四人暮らしです。朝、ニャオーと鳴いて庭から挨拶すると、

「ハーイ、みぃーちゃん、いらっしゃい」

と言って戸を開けてくれ、「花かつお」をくれるのです。私はお腹が空いていないけれど、それが習慣になっていて、ちょっぴり「お隣の子」にも

なっていました。

お隣のお父さんはパソコンの会社に勤めていて、私の写真を撮って小さなカレンダーを作ってくれ、お母ちゃんに渡していました。それをお母ちゃんはピアノの上に置いていました。

冬になると、私はお母ちゃんとお父ちゃんが寝ている二階のベッドの部屋に入ります。

お母ちゃん側の足元からもぐってゆくと、お母ちゃんは、いつも、

「よし、よし、みぃーちゃん」

と言って、抱き上げてくれます。私はしばらくゴロゴロと喉を鳴らしながらお母ちゃんに抱かれているのがとても好きでした。

郵 便 は が き

料金受取人払郵便

新宿局承認

1409

差出有効期間
2021年6月
30日まで
（切手不要）

1 6 0-8 7 9 1

1 4 1

東京都新宿区新宿1－10－1

(株)文芸社

愛読者カード係 行

お名前《ふりがな》		明治　大正 昭和　平成	年生	歳
ご住所《ふりがな》	□□□-□□□□		性別 男・女	
お電話番号	（書籍ご注文の際に必要です）	ご職業		
E-mail				

ご購読雑誌（複数可）	ご購読新聞 新聞

最近読んでおもしろかった本や今後、とりあげてほしいテーマをお教えください。

ご自分の研究成果や経験、お考え等を出版してみたいというお気持ちはありますか。

ある　　ない　　内容・テーマ（　　　　　　　　　　　　）

現在完成した作品をお持ちですか。

ある　　ない　　ジャンル・原稿量（　　　　　　　　　　　　）

名				
買上 店	都道 府県	市区 郡	書店名	書店
			ご購入日	年　月　日

書をどこでお知りになりましたか?
1.書店店頭　2.知人にすすめられて　3.インターネット(サイト名　　　)
4.DMハガキ　5.広告、記事を見て(新聞、雑誌名　　　)

の質問に関連して、ご購入の決め手となったのは?
1.タイトル　2.著者　3.内容　4.カバーデザイン　5.帯
その他ご自由にお書きください。
(　　　)

書についてのご意見、ご感想をお聞かせください。
)内容について

②カバー、タイトル、帯について

弊社Webサイトからもご意見、ご感想をお寄せいただけます。

ご協力ありがとうございました。
※お寄せいただいたご意見、ご感想は新聞広告等で匿名にて使わせていただくことがあります。
※お客様の個人情報は、小社からの連絡のみに使用します。社外に提供することは一切ありません。

■書籍のご注文は、お近くの書店または、ブックサービス(0120-29-9625)、セブンネットショッピング(http://7net.omni7.jp/)にお申し込み下さい。

ある時、お母ちゃんがとてもお腹が痛くなって、

「みぃーちゃん、お腹の上に乗ってお母ちゃんを癒してちょうだい」

と言うので、私は自分がしてもらったことを思い出して、お母ちゃんのお腹の上で眠ってしまいました。

どれだけ経ったのでしょう。お母ちゃんが起き上がると、

「みぃーちゃん、ありがとう、すっかりお腹が痛くなくなったよ」

と言ってくれました。お母ちゃんと私とで癒しごっこができたのです。


ここで、兄貴分のトトのことについて書きますね。

かつてのお母ちゃんの家は、おじいちゃん、おばあちゃん、お父ちゃん、お母ちゃん、娘三人の七人家族でした。

三人の娘がまだ子どもの頃、お隣から生まれたばかりのトトがもらわれて来ました。トトは家族皆に可愛がられて大きくなりました。

一番下のお姉ちゃんは、トトの小さい時は抱っこして一緒にお風呂に入っていたくらいです。そのうち、おじいちゃんとおばあちゃんが亡くなり、娘三人も大学を出て他の所で暮らすようになりました。

私がお母ちゃんの家に来た頃は、お父ちゃんとお母ちゃんとトトだけになっていました。

トトは普段は外の小屋で寝起きしていて、家の中には入らないのですが、時々、お母ちゃんがトトをお風呂で洗って拭いた後、居間に入れることがありました。

そんな時、お母ちゃんがお風呂の後始末をして居間に戻るまで、トトは居間に置いてある私の食事をペロリと食べてしまうのです。

私はやっぱり大きなトトが怖いのですぐにピアノの上に避難して、「フゥーッ」とうなり声を上げるのですが、トトは一向に気にとめません。お母ちゃんが戻ってきて、

「トト！　ダメやがいね、みぃーちゃんのを食べちゃー」

と言っても、後のまつりなのです。

トトと私はお母ちゃんの家族にとても可愛がられて暮らしているのに、なぜか私たちは最後まで、仲良くツーショットでいることはありませんでした。

早起きのお母ちゃんが朝の仕度を終えてお父ちゃんを送り出した後、玄関や庭の掃除を始める頃、私は半開きの高窓からジャンプしてお隣に朝の挨拶

に行き、花かつおをもらって帰って来るのが日課になっていました。

そんなある朝のことでした。その日は冬の二月でしたが、めずらしく空は快晴でポカポカ陽気の暖かい朝でした。お隣の家から帰ると、お母ちゃんは玄関の周りを掃除していました。私はお母ちゃんのそばにいたいので、初めは家の周りの空溝の中を走り回っていました。早朝のせいか家の前の道路があまりにも静かで、ポカポカと陽があたっていて気持良さそうです。普段は道路で寝そべることのない私が、つい陽気に誘われて道路の真ん中に寝そべって、大好きなお母ちゃんの働く後ろ姿を眺めていました。

せっせと家の周りをきれいにしているお母ちゃんを眺めていると、とてもおだやかで幸せな気持ちになっていました。

そんな時、急に私の上を、とてもつもない大きな塊が猛スピードでかけ抜けて行ったのです。寝そべっていた私は、本能的に起き上がろうと頭を持ち上げた時にはもう、大きな硬いものに頭がぶつかって意識がなくなっていました。

道路に背を向けて掃除していたお母ちゃんは、何だかデッカイ車が通ったと思って振り向くと、私がベタッとたおれていて頭の周りが血の海になっていたのです。お母ちゃんは思わず、

「キャーッ！　みぃーちゃん、みぃーちゃん、何で、何で、どうしたの⁉」

と叫んで、血のいっぱい付いた私を抱き上げ、咄嗟に持っていた水道のホースで血を洗い流してくれました。

キャーッというお母ちゃんの悲鳴で、通り過ぎた大きな車は先の方で一旦

止まったかのように見えましたが、そのまま走り去ってゆきました。

お母ちゃんは濡れている私を抱いて急いで家に入り、タオルで拭きました。

そして乾いたバスタオルを食事のテーブルの上に敷いて、私を寝かせてくれました。でも私は目を閉じ、心臓も止まり、ちょっとも動かなくなっていたのです。お母ちゃんはすぐさまお隣に行って、

「みぃーちゃんが車に轢かれてしまったんや」

と知らせました。出勤前や登校前のお隣のお父さん、お母さん、お兄ちゃん、妹さんの四人が寝かされている私を見に来てくれ、

「つい、さっき、いつものようにみぃーちゃんが来て、花かつおを食べて帰ったとこやったのに……」

と絶句し、手を合わせ、「仕事から帰ってからまた来ますね」と言ってく

れました。

大きなタイヤの車は私が道路の真ん中に寝そべっているのを見て、私をまたいで走れば踏まないで通り抜けられると思ったのでしょう。その通り、私はタイヤで踏まれなかったのですが、びっくりして頭を持ち上げた時、車のマフラーのパイプか何かに私の頭がぶつかり、脳内出血を起こし、鼻から多量の出血をして即死したのだとお母ちゃんは思ったそうです。

幸い、外傷がなく、咄嗟にお母ちゃんが血を流してくれたので、私はきれいな姿でテーブルの上に寝かされたのです。

お母ちゃんは、肉体が死んでも魂は死なないでいると信じている人でしたから、テーブルの上に寝かされ死んでいる私に、

「みぃーちゃん、喉が渇いたやろう、お水を上げるから舌を出してごらん」

と声をかけてくれました。確かに私は体が硬くなっているので動けないのですが、お母ちゃんの言った通り舌を出しました。お母ちゃんは、

「あらー、みぃーちゃんの舌は、なんてピンクのきれいな可愛い舌なんやろうね」

と言って、私の舌をたっぷりのお水でひたしてくれました。

「よう飲んだかいね。舌が渇くとダメやから、もう口の中に入れてもいいよ」

とお母ちゃんが言ったので、私は舌を口の中に戻しました。

これは本当です。私の心臓は止まっているのですが、お母ちゃんの言っていることは全てわかるし、舌も出せたし、戻せたのです。

お母ちゃんは私をテーブルに寝かせたまま、お父ちゃんに電話して、お父

ちゃんの事業所に勤めている二番目のお姉ちゃんが動物専用の火葬場に予約をとってくれました。

私の火葬はその日の午後三時。

予約時間の出発まで、お母ちゃんはずーっとリクライニングの椅子に私を抱っこして座り、私をゆらして撫でながら、いっぱい、いっぱい話しかけてくれました。

私が家にやって来た頃のこと、癒しごっこができたこと、お母ちゃんのベッドにもぐっていったことを思い出して、お母ちゃんは嗚咽《おえつ》し、

「みぃーちゃん、ようちに来てくれたね。ありがとうね」

と、何度も何度も言って泣いていました。

私は体が動かせなかったけれど、お母ちゃんの話してくれたことは全部聞きとれ、お母ちゃんの思いが伝わり、とても、とてもおだやかで幸せな気持ちになっていました。

迎えの車が来る頃、お母ちゃんはダンボール箱にきれいなタオルを敷いて私を寝かせてくれ、周りにはお花をいっぱい入れてくれました。

小高い山の中腹に動物専用の火葬場で私は火葬され、お骨になりました。係の方は、お骨が黒くなっている所が悪い所ですと教えてくれました。私の頭の骨の部分が黒くなっていたので、お母ちゃんは、ここがぶつけられた所だと思ったそうです。

私が旅立った二年後に、十六年間いたトトも亡くなりました。

お母ちゃんはトトの様子で死が近いことが分かり、獣医さんのところで写真を撮ってもらえるので、お母ちゃんは白毛のトトに赤いスカーフを首に巻いて連れて行き、写真を撮ってもらい、最期の時にはどうすれば良いか聞いて帰りました。

次の日、獣医さんは家にトトの点滴をしに来てくれました。お母ちゃんはいよいよトトが逝くと感じました。

その晩、居間の床にバスタオルを何枚も敷いて、起き上がれないトトにお母ちゃんは添い寝をし、何度も起き上がろうとして倒れるトトに、

「トト、もう頑張らんでもいい。おしっこもウンコも、そこでしていいからね」

と言って、お母ちゃんはトトの口にお水を上げていました。

トトは朝方、お母ちゃんのそばで亡くなりました。

朝起きてきたお父ちゃんは、庭に咲いているゴールデンピラミッドの花をたくさん摘んできて、トトが横たわっている周りに飾ってあげていました。

往診に来た獣医さんは、黄色いたくさんの花に囲まれているトトを見て、こんなに良くしてもらっている様子にとても感動して帰られました。

お母ちゃんはそれから何年経っても、私とトトの骨つぼを写真と一緒に床の間に置いて、毎朝新しいお水を供えてくれます。

「みぃーちゃん、トトちゃん、ありがとうねー。大好きだよ」

と言いながら、時々私たちを思い出すのか「うーっ」となっています。

お母ちゃんと私は三年しか一緒に暮らせませんでしたが、私が死んだ時からずーっと、お母ちゃんと会話できるし、おまけに私はどういう訳か、お母ちゃんが生まれた時から今日までのことが手にとるようにわかるのです。

何でわかるのかって？

それは、お母ちゃんの心の中に今でも私が生き生きと生きているからだと思います。

お母ちゃんが私で、私がお母ちゃんみたいにね。

愛しい家族が自分よりも先に亡くなり、仏壇や写真の前で会話している人たちも皆、お母ちゃんと私のように、魂と心が通じていて分かりあえるのだと思います。

私がいなくなって十年も経つのに、お母ちゃんは動物写真家の岩合さんが「いい子だね！」と言いながら、お腹を出して寝そべっている猫たちの姿を撮った写真のように、私が年をとって太めになり、大きなあくびをしたり、

すっかり安心しきって、仰向けにお腹を丸出しに大の字になって寝そべって
くれたりして欲しいと今でもお母ちゃんは思っているのです。

さて、私が逝ってから、お父ちゃんとお母ちゃんは二人暮らしに戻ったのですが、お母ちゃんは淋しい思いに陥ることになったのです。

お母ちゃんは看護の臨床経験があるので、私が車に轢かれた時、とっさに私を即死と思い、血を洗い流してくれ、死に水を飲ませてくれました。火葬場に行く時間まで、私を抱っこして涙を流しながらも今までのことを静かに話してくれました。魂を信じているお母ちゃんは愛おしい人が死ぬ時は抱いてあげて、ゆっくりお話ししながら看送れるのが一番幸せなお別れの仕方だと思っていたので、私とのことを火葬場に来てくれたお父ちゃんに話したの

です。

お父ちゃんは、その時は黙って聞いていました。でも、お父ちゃんは「自分がみぃーみたいに扱われたら堪らん」と思ったと、その後何年もたってから、お母ちゃんは聞かされたのです。お父ちゃんは、お母ちゃんが私を即死と判断して獣医さんに見せなかったことが引っ掛かり、それから、長くお父ちゃんとお母ちゃんの間に心の溝ができたのです。

何でだろうと私は不思議に思います。

私はお母ちゃんがしてくれたことに満足して、幸せな気持ちになったままでいるのに。お父ちゃんがもし事故や病気で倒れた時は、お母ちゃんは一生懸命になって救急車を呼び、できるだけのことをするに決まっているのに。何でお父ちゃんは、私と同じ扱いをされると思うのでしょうか。

魔が差したように、お父ちゃんはお母ちゃんへの被害妄想を膨らませ、これから老後を労り合って暮らすはずだったのに、お父ちゃんは自分からお母ちゃんを遠ざけてしまおうとするのです。事業のことも一切関与させず、家に入れるお金も一時の三分の一に減らし、何かとお母ちゃんに対して辛口に接するようになっていました。

その間、お母ちゃんもお父ちゃんに対してこの変化を「何でや」「何でや」とたずねるのですが、話し合いになりません。それでも、お母ちゃんはやはり、周期的にお父ちゃんの変化を「何でや」「何でや」とたずねるのです。でも答えは返ってきません。

お母ちゃんは魂を信ずる人で、自分の心がネガティブな思いになることを良しとしません。そこで、以前から心の拠り所にしている中村天風師の「クンバハカ」をやったり、ホ・オポノポノでいう、「想いのクリーニング」をしたり、「創造の神」に祈ったりするのですが、お父ちゃんのネガティブな想いは一向に明るい方へ向かわないのです。

そんな日が続き、ある朝、お父ちゃんは小脳梗塞で倒れ、救急車で入院となりました。

四カ月の入院の間、お母ちゃんは毎日、毎日病室に通いました。幸いお父ちゃんは麻痺も残りませんでしたが、小脳梗塞のため、体のフラつき、耳鳴りなどは少し残りました。

お父ちゃんが倒れた時は、お父ちゃんのネガティブな想いがピークに達していた時で、神様が休養を与えてくださったのだとお母ちゃんは思ったそうです。

退院後のお父ちゃんの歩き方は、とてもスローになり、老人ぽくなりましたが、自分の事業の後始末を数年かけてやろうと、毎日事業所に通っています。

お母ちゃんは、「人がこの世に出してもらったのは、何か役割があるから。人は神に似せて造られていて、その能力は死ぬまで開発しても開発しても尽きない。神は人を罰することはなく、人に汲めども尽きない能力を与えて下さっている。その日が来るまで能力を喜んで使い、豊かで健康に生きなさいと言って下さっていることを信じ、この世で家族として縁をいただいた夫や子どもたちと共に、その日が来るまで豊かで健康で喜んで生きられるように」と毎日祈っています。

私もお母ちゃんの祈りはきっと叶うと思っていますし、イエ、もう叶っていると思います。

お母ちゃんの愛しい人への看送り方はとても素敵で、看送られた私はとても心地良く、今も心に温かさが残っています。

お母ちゃんは私とトトのお骨を、私が死んで十五年後、ようやく庭の柿の木の根元に埋めてくれました。

その後、七十四歳になったお母ちゃんは、これまでの人生に縁のあった三人の人を看送ることになりました。

ちょうど、お母ちゃんとお父ちゃんの間に悪い気が漂っていて、夏の終わりにお父ちゃんが倒れた年の初めの頃です。

その頃、お母ちゃんの頭の中に五十年前、新人として勤務していた仲間の一人がやたらと頭に浮かぶのです。これがテレパシーというのでしょうか。あまりにも浮かんでくるのですが何も情報がありません。そこでその人の友人が開業していたので、その人のことを尋ねて、ようやく辿り着いた所は病室でした。口だけはきけるものの、既に体は四肢麻痺の状態でした。

その人はお母ちゃんの訪問にとても喜び、「また来て」と言い、お母ちゃんは、それから毎日、六十日間通いました。聞くところによると、別居していた妻はガンで亡くなり、立派に育った二人の息子は遠方にいて次男は絶縁、長男だけが月一回見舞いに来るとのことでした。家で一人暮らしをしていたところ、脳梗塞で倒れ、通いのお手伝いさんに発見されたものの、時間が経っていたので後遺症が残ってしまったのです。初めはリハビリを頑張っていたものの一年後には、病院の方が言うには「人断ち」をして、もはやリハビリもせず死を待っている状態になっているところに、お母ちゃんが現れたそうです。

(五十年間の過ごし方で人生の末路はこうも変わるものか、それはやはり自分が選択した道なのだろうか)と、お母ちゃんは思いました。

毎日通う間、病室にお花を生け、その人の五十年間に多分、話題にならなかっただろうと思われる話をすると「良い話や」と言ってくれました。結局、達磨さん以上に過酷な四肢麻痺、絶飲絶食、痛み止めで口がきけなく、酸素マスクと点滴だけのその人にお母ちゃんは、「今の苦しみは死んだらいっぺんになくなり、神様は罰することもなさらないから今までの苦しみを次の世に出てくる糧にして」と言って、お別れをしました。

二人目の方は、地域の美術館の館長さんです。六十年にわたって館を育て、特に伝統工芸を根付かせた方でした。縁あってお母ちゃんが勤めていた専門学校の学生に、人間国宝の方による解説つきで伝統工芸展を鑑賞するよう手配をして下さいました。学生にとって何と贅沢なことでしょう!!

美術館開館六十周年で催された記念式典に参加したお母ちゃんは、この六十年はまさに館長さんの歩みそのものだと、感じたのでした。

お母ちゃんは、館長さんの六十年のお祝いに大きな花カゴに手紙を添えてお届けし、そのお返事をいただいたのが最後になりました。それから間もなく、館長さんは美術家の集まりの会で倒れて亡くなりました。素晴らしい方と最後に勤続六十年のお祝いのお花とお手紙をお届けして、想いをお伝えできたことがお母ちゃんの尊敬する館長さんへの看送りだと思っています。

三人目はお母ちゃんの十一歳上のお姉さんです。お母ちゃんが八月に生まれる予定だったので、このお姉ちゃんが五月に戦地に行ったお父さんに赤ちゃんの名前をハガキで聞いてくれたのです。お父さんは男の子と女の子の名前を書いて送ってくれました。お父さんは戦死し、お母ちゃんは父親には会えずに育ちました。でもこのお姉ちゃんのおかげで、お父さんに素敵な名前を付けてもらい、お母ちゃんはこのお姉さんにずーっと感謝しているのです。

このお姉ちゃんがイヨイヨという時、優しく育った二人の娘さんと一緒にベッドサイドで「ありがとう」の声をかけて最後まで看取ることができました。本当に良かったとお母ちゃんは思っています。

三人を看送ったお母ちゃんは、泣きながら私を思い出すことはなくなりました。

でも私の死を看取った経験は、お母ちゃんに人の死を看取ることの大事さをわからせてくれたようです。

今ではお父さんとの心の溝も、お母ちゃんは自分の思い一つで変わるとわかり、夫、娘、孫、自分の兄姉、知り合いの人の平安と健康、この世でのそれぞれの役割を喜んで果たせるようにと祈っているようです。

お母ちゃん!!

おもしろい出会いだったね。お互い思い出すことも少なくなってきますが、それでいいと思います。

お母ちゃんとの三年間は、本当に素敵でしたよ!!　それにお母ちゃんはとても優しく、私を大事に看取ってくれて嬉しかったです。

愛しいお母ちゃん！

ありがとう。

みぃー。

著者プロフィール
さとう れいこ

1945年、旧満州で生まれる
60歳で金沢大学大学院に入り、65歳で博士課程を修了
Ph.D（保健学博士）を取得
「豊かな自然と健康」をライフワークのテーマとしている
石川県在住

著書
『あえのこと』（2015年、文芸社）

私とお母ちゃん

2020年11月15日　初版第１刷発行

著　者　さとう れいこ
発行者　瓜谷 綱延
発行所　株式会社文芸社
〒160-0022　東京都新宿区新宿１−10−１
電話　03-5369-3060（代表）
03-5369-2299（販売）

印刷所　株式会社暁印刷

ISBN978-4-286-19705-0